Melany de Isabeau

MEIN WEG?
MEINE
FREIHEIT?

Herstellung und Verlag
BoD-Books on Demand,
Norderstedt
ISBN: 9783754396056

Mein Weg? Meine Freiheit?

Ich saß da, zwischen meiner Familie, die nun gerade dabei war, über mein weiteres Leben entscheiden wollten. Aber das alles interessierte mich nun herzlich wenig. Warum? Warum auch, wollten alle mein Leben, meine Zukunft planen? Es war jedoch mein Leben, also warum durfte ich nicht selbst entscheiden? Ein leises Seufzen verließ meine Lippen. Scheinbar hatte meine Mutter dies gehört und drehte sich zu mir um. „Was ist los Schatz?", fragte sie total unschuldig. Ach nichts",murmelte ich leise. „Gut, wir haben gerade darüber geredet,das du vielleicht eine Lehre in einer Bank machen kannst, das wäre doch toll oder?", meinte meine Mutter freudig, doch diese Begeisterung konnte und wollte ich nicht mit meiner Mutter je teilen. „Ja ganz toll", sagte ich nur leise und stand auf. Mit auf dem Boden gerichteten Blick, verließ ich das Wohnzimmer, niemand würde es merken, sie waren alle so sehr in ihr Gespräch je vertieft, wie sie meine Zukunft gestalten konnten. Ich lief nach draußen,ging durch die Straßen, bis ich an einem Spielplatz ankam. Dort ließ ich mich auf einer Schaukel sinken. Ich überlegte." Seit wann war es je so? Seit wann war es je so, dass meine Eltern mein leben in die Hand nahmen? Ich hatte nichts zu sagen? Widerworte zu geben, hatte je keinen Sinn. Einmal? Ja nur einmal hatte ich meinen Eltern widersprochen! Aber was danach kam, war nicht schön.

Ich wurde geohrfeigt und zwei Tage in meinem Zimmer eingesperrt. Verdammt, ich hasste bald schon meine Eltern, eigentlich alle, meine ganze Familie. Meine Hände ballten sich zu Fäusten. Leise liefen mir nun einige Tränen über meine blassen Wamgen, die ich aber nun schnell wieder wegwischte. Mein Blick fiel je auf meine Arme. Meine Arme waren jedoch mit den vielen Scmerzen verzeichnet.Die Narben, sie würden immer auf einen Armen bleiben, mich immer je daran erinnern, das ich allein bin auf dieser Welt. Ich hatte auch keine Freunde, meine Eltern wollten das nicht. Zwar ging ich auf eine ganz legal, normale Schule,doch dort war ich von Anfang an ein Außenseiter, wurde ignoriert. Gemobbt und verachtet. Trotzdem brachte ich die Schule hinter mich. Ich hatte meinen Abschluss gemacht.

Und nun? Ich überlegte. Bestimmt hatten meine Eltern, meine Tanten und Onkels schon entschieden, wo ich eine Ausbildung je machen sollte. Ich sah auf in den Himmel auf, und musste unweigerlich lachen, obwohl mir dabei schon wieder die Tränen liefen. Eine Lehre in je einer Bank? Was sollte ich dort? Ich wusste doch schon längst was ich werden wollte. Ich wollte nun Fotografin werden. Ja, Fotografin,das war mein Traumberuf. Doch meine Eltern fanden nun diesen Berufswunsch lächerlich. Das einzige was mein Vater je sagte, war, das ich gefälligst etwas Anständiges machen sollte und nicht so ein Schwachsinn. In diesem Augenblick hatte ich das Gefühl, das ein Teil in meinem Herzen zerbrach. Meine vielen Träume, alle meine Vorstellungen, was ich mir wünschte, und was ich noch machen wollte in meinem Leben, all dies sah mein Vater als Schwachsinn an. Ich war traurig und sehr enttäuscht. Doch irgendwann entwickelte sich diese Trauer um in Hass. Ich blieb je den ganzen Nachmittag dort auf meinem Spielplatz, ich genoss die Ruhe und schloss entspannt meine Augen. Ich konnte in der Zeit über nun vieles je Nachdenken und mir wurde etwas bewusst. Das ich mein Leben selbst in die Hand nehmen musste.

Am Abend ging ich nun wieder nach Hause. Schon als ich die Tür öffnete und eintrat, stand mein Vater im Flur und sah mich böse an. „Wo warst du? Wer hat dir erlaubt wegzugehen? Du Nichtsnutz!", schrie er wütend. Er kam kam auf mich zu und packte nun meinen Arm. Gewaltsam schob er mich in mein Zimmer und sperrte es ab. Ich sah nur zu der verschlossenen Zimmertür. Der Hass in mir wurde so jeden Augenblick größer. Ich ging zu meinem Schrank und suchte meine Reisetasche, die ich irgendwo unter meinen Kleidern schließlich fand. Ich packte schnell ein paar Kleider und anderes je ein, genauso meinen Geldbeutel und ein bisschen Geld, was ich meinen Eltern bei Gelegenheit mal aus dem Geldbeutel je geklaut hatte. Dann saß ich auf dem Sofa und wartete, geduldig, bis meine Eltern zu Bett gingen...

Als ich hörte, das meine Eltern beide die Treppe hoch ins Schlafzimmer gingen, nahm ich eine meiner Haarklammern und bog diese so auseinander, dass ich damit mein Zimmerschloss locker aufbrachte. Das hatte ich schon offt, so am Abend gemacht, sonst wäre ich wahrscheinlich schon verhungert. Ich nahm meine Reisetasche und ging leise in die Küche. Dort packte ich mir genug zu essen ein, schließlich musste das für eine Weile reichen. Mein Blick fiel auf die Handtasche meiner Mutter. Ich nahm ihren Geldbeutel heraus und erleichterte sie um hundertfünfzig Euro. Die schob ich mir noch in die Hosentasche und dann verließ ich die Wohnung. Ich war frei, endlich, darauf hatte ich je lange gewartet. Endlich konnte ich alle meine Probleme nun hinter mir lassen, doch schon kam ein neues auf mich zu. Wo sollte ich die Nacht verbringen? Ich überlegte und da fiel mir der Spielplatz ein. Er war zwar nicht weit weg von meiner Wohnung, aber dort könnte ich zumindest diese Nacht bleiben. Ich schlug also die Richtung zum Spielplatz ein.Dort angekommen, kletterte ich auf das kleine Holzhäuschen. Ich schnappte mir je, aus meiner Tasche, eine Wolldecke und legte mich eingekuschelt dort hin. Es war ziemlich unbequem, doch ich war ziemlich müde sodass ich schnell einschlief.

Sanft schienen die Sonnenstrahlen je auf mein Gesicht. Müde öffnete ich meine Augen und setzte mich auf.Ich streckte mich, bevor ich dann erstmal realsierte was passiert war und warum ich auf dem kleinen Holzhaus auf dem Spielplatz war. Aber schnell kamen meine Erinnerungen zurück. Ich musste an meine Familie denken und der Hass stieg wieder in mir auf, aber er wurde gleich wieder unterdrückt, von dem Gefühl endlich frei zu sein. Ich packte meine Decke nun wieder in die Tasche, dann kletterte ich von dem Häuschen und machte mich auf den Weg in die Stadtmitte, da wir ja ziemlich am Rand der Stadt wohnten. Ich ging durch einige alte Gassen, bevor ich im Zentrum stand, wo schon reges Treiben herrschte.Ich sah mich erstmal um, bevor ich eine kleine Bank entdeckte, wo ich mich je niederließ, und aus meiner Tasche einen Apfel kramte. Das musste als Frühstück reichen. Doch plötzlich hörte ich lautes Geschrei. Hastig sah ich mich um, ein paar Jugendliche hatten einer Frau Geld geklaut. Ich beobachtete sie genau. Ich dachte etwas darüber nach und drehte mich dann wieder rum. Irgendwann, wenn ich das Geld, was ich dabei hatte, ausgegeben hatte, würde ich sicherlich auch klauen müssen. Ich stand auf und nahm meine Tasche. Immer noch etwas müde schlenderte ich nun je durch die Straßen, bis ich an einer verlassene Baustelle kam. Ich sah mich genauer um. Es schien wirklich niemand da zu sein. Ich packte je die Gelegenheit und sah mich drinnen etwas genauer um. Der Keller war perfekt, dort könnte ich doch bleiben. Voller Freude nistete ich mich je ein, als ich von draußen Polizeisirenen hörte. Ich sah durch ein kleines Loch, und sah drei bis vier Polizisten, die einen Jungen nachliefen. Eigentlich fand ich ihn ganz süß, also lief ich raus und loste ihn zu mir. „Komm zu mir", flüsterte ich leise und ging vor. Mit einem stummen Nicken folgte er mir und wir liefen zusammen durch den Bau. Fast oben angekommen, blieben wir stehen und sahen durch ein Loch, was wahrscheinlich ein Fenster werden sollte nach unten. Dort liefen die Polizisten immer noch und suchten den Jungen. Ich musste unbewusst je Grinsen und sah den Jungen neben mir an. Dieser grinste mich ebenfalls an, dann sah er wieder nach unten. Ich folgte seinem Blick. Die Polizei hatte es scheinbar aufgegeben, denn sie fuhren zurück. Der Junge drehte sich wieder zu mir und sah mir in die Augen. „Danke für deine Hilfe", meinte er dann jetzt lächelnd. „Kein Problem", sagte ich verlegen grindend. „Aber was machst du hier?", fragte er mich und ich bemerkte, dass er mich genau musterte. Ach, ich hab' mich hier einquatiert meinte ich und mein Blick wurde je, leicht traurig, aber auch voller Hass. Er schien es bemerkt zu haben."Probleme?", fragte er lieb. Ich nickte nun stumm.Sollte ich einen fremden Jungen meine Probleme erzählen? Ich war unschlüssig. Er war der erste der nett mit mir redete und mich nicht irgendwie wie ein Stück Dreck behandelte.„Willst du darüber reden? Immer noch wusste ich nicht was ich tun sollte. Doch dann überkam es mich. Wir setzten uns hin und ich begann ihm alles, je zu erzählen. Zu meinem Erstaunen schien ihn meine Probleme zu interessieren und so erzählte ich ihm wirklich alles und warum ich auch jetzt je hier bleiben wollte.

Nach dem Gespräch nahm er mich in den Arm, was ich irgendwie je ungewöhnlich fand. Unbewusst kuschelte ich mich an ihn, in mir machte sich ein wohliges Gefühl breit. Nachdem wir einige Minuten so still Arm in Arm saßen, sah er mich an und lächelte leicht. „Willst du mitkommen?", fragte er leise. Ich sah ihn etwas entgeistert an und lächelte dann. „Gerne, aber nur wenn ich dir nicht zur Last falle", meinte ich verlegen, weil es mir schon etwas peinlich war. Er schüttelte den Kopf und stand auf, er nahm meine Hand und zog mich so mit nach oben. „Lass uns jetzt deine Sachen holen und dann gehen,meinte er grinsend und lief mit mir nun nach unten. Ich sah ihn immer noch ver- wundert an, ich meine warum war er so nett zu mir, obwohl wir uns nicht kannten? Ich verstand es nicht, aber es war mir in dem Augenblick auch egal. Ich packte je meine Sachen zu- sammen und dann brachte er mich zu einem verlassenen Haus.

Etwas unsicher stand ich davor und sah das alte Gemäuer an. „Da drin wohnt ihr?", fragte ich je etwas ver- wundert und schielte zu ihm rüber.

Wir waren ja nicht allein, er wohnte in dem Haus mit ein paar Freunden, denen es so ähnlich wie mir ging."Ja, das Haus ist super, hier vermutet uns keiner", meinte er leise lachend und ging mit mir rein. Sofort kam je ein Mädchen in meinem Alter auf uns zugelaufen und grinste uns an. Dahinter kamen noch ein paar Jungs, die nun langsam in unsere Richtung kamen. Er begrüßte seine Freunde und stellte mich ihnen vor, die mich auch sogleich begeistert aufnahmen. Dann stellte er sie mir vor, wie sie hießen und warum sie auch, nun hier waren. Es war schon etwas schockierend, warum wir alle hier zusammen kamen. Aber ich verstand mich mit allen gut. Zum ersten Mal in meinem Leben fühlte ich mich je zu Hause. Ich war bei Leuten denen es so ähnlich ging, die mich verstanden und mochten. Ich war glücklich. Das erste Mal in meinem bisherigen trostlosem Leben!"

Am Abend machten wir ein kleines Lagerfeuer, es war wunderschön. Wir aßen, wenn wir auch wenig hatten und lachten, machten je Späße und freuten uns. Meine Eltern habe ich total vergessen und sie waren mir auch egal. Sie erklärten mir dann auch, wie das hier jeden Tag ablaufen würde. Ich wurde in ihre Pläne mit aufgenommen.Uns war eins bewusst, wir mussten klauen um zu überleben. So schmiedeten wir zusammen einen Plan wie wir morgen früh vorgehen wollten. Nemo, einer der Jungs sah zu mir und meinte grinsend. „Du brauchst eine Waffe, Messer?", halt alles was wir jedoch täglich brauchen meinte er ruhig. Ich nickte, irgendwie hatte er schon recht. Wir redeten noch viel, sie wollten wissen, was je mein Grund war,das ich abgehauen bin.Ich erzählte ihnen alles und erfuhr auch ihre Geschichten. Kurz bevor wir schlafen gingen, drehte sich Nemo zu mir und sah mich lieb an. „Du weist aber auch, das du die Waffe benutzen musst? Du wirst Menschen umbringen, sei dir darüber bewusst meinte er leise, dann drehte er sich wieder rum und schlief ein. Ich sah je noch kurz zu ihm, bevor ich mich auch je hinlegte und einschlief. Sollte ich das wirklich tun? In diesem Augenblick wusste ich nicht, was mich noch alles erwarten würde, aber darüber wollte ich mir im Moment keine Gedanken machen.

Unruhig drehte ich mich um,was war das je für ein Lärm?Eigentlich wollte ich noch schlafen, doch das konnte ich bei diesem Lärm je nicht und so öffnete ich müde meine Augen.Nemo saß neben mir und lächelte mich nun an. „Na gut geschlafen?" „Ja danke", sagte ich und setzte mich je auf. Ein leises Gähnen verlies meine Lippen. Ich hörte Gemurmel und drehte mich um, da sah ich die anderen, die auf uns zukamen. „Du bist ja endlich wach, dann können wir ja loslegen", meinte Piaz grinsend. Ich nickte und stand auf. Mein Gesicht verzog sich etwas, als mein Magen knurrte. Die anderen sahen mich je an und dann brachen wir in schallendes Gelächter aus. Aber dann machten wir uns auf den Weg in die Stadt. Ich war aufgeregt, schließlich war ich bei so einer Aktion noch nie dabei. Unterwegs besprachen wir nochmal den Plan und als wir nach ein paar Minuten im

19

Stadtzentrum waren, ging jeder von uns in eine je andere Richtung. Wir stellten uns in Position und dann gab Nemo das Zeichen. Kai lief los und hielt eine kleine Tasche in der Hand. Piaz rannte ihm je hinterher und rief laut: „Hilfe ein Dieb, helft mir!", schrie sie und ein Polizist schien sie gehört zu haben, denn er begann sofort Kai zu verfolgen, doch dieser war kurz darauf in einer Gasse verschwunden. Ich grinste vor mich hin, ich fand es voll lustig mit all den anderen sowas abzuziehen. Ich bekam das Zeichen, es war soweit, ich stieg in den Plan mit ein. Ich kam aus der Gasse und schlenderte je ganz ruhig durch die Menschenmassen. Als ich einen Kerl im Anzug sah, ging ich näher zu diesem und rempelte ihn aus Versehen an. Ich entschuldigte mich sofort bei ihm und ging dann weiter.

Er hatte scheinbar gar nicht gemerkt, dass ich ihm seine dicke Brieftasche geklaut hatte. Ich grinste vor mir her und zog das Selbe noch ein paar Mal ab.

Nach einer Stunde war je unsere Tat vollzogen, das Ablenkungsmanöver hatte gut funktioniert und wir hatten auch viel Geld. Wir zählten alles zusammen. Insgesmt kamen wir auf je 1500 Euro. Damit kamen wir für heute locker über die Runden. „Und wie fandest du es?", fragte mich nun Nemo grinsend. „Ich fand es geil", gestand ich lachend. Es war wirklich ein geiles Gefühl. „Ok, dann machen wir jetzt weiter und holen uns unser kostenloses Mittagessen." Wir standen auf und gingen zu einen kleinen Cafe. Dort setzten wir uns draußen hin und bestellten soviel wir wollten.

Der Ober sah uns fünf nur ganz total komisch an und wir mussten uns ein Grinsen verkneifen. Wir aßen und tranken viel und hatten Spaß dabei. Der Ober kam nach einer Weile dann wieder und hielt uns die Rechnung vor. „Es tut mir Leid, aber ich hab kein Geld um zu bezahlen", hauchte ich ihm unschuldig ins Ohr. Ich sah, dass es dem Ober unangenehm war und grinste innerlich und ging noch etwas weiter. Sanft strich ich ihm je über den Oberkörper. Stotternd löste er sich von mir. „Ich werd mal sehen, ob du auch noch morgen bezahlen kannst!", sagte er und verschwand darauf kurz nach drinnen. „Arschloch lachte ich ihm jetzt noch hinter her und verschwand dann mit den anderen Jungs. Der Ober fluchte jedoch, als keiner von uns mehr da war.

Lachend liefen wir zusammen durch die Straßen. Ich wusste nicht was es war,aber in mir machte sich ein unbeschreiblich gutes Gefühl breit. Auf einem ruhigen Platz ließen wir uns nieder, machten Späße und faullenzten einfach nur so um uns herrum. Abends stand noch eine große Aktion an, wir wollten in ein Kleidergeschäft einbrechen, denn wir brauchten auch wieder was Neues zum Anziehen.Die anderen versicherten mir, dass das alles ganz schnell ginge. So gegen Mitternacht standen wir dann je, vor dem Bekleidungsgeschäft, nirgends hörte man etwas, außer aus ein paar Kneipen hörte man Musik und lautes Gelächter.Wir ließen uns gar nicht davon beunruhigen und zogen unsere Aktion sauber durch. Justi nahm ein kleines Stückchen dünnen Draht aus seine Hosentasche und knackte damit locker das Schloss. Wir gingen rein, Kai und Nemo kümmerten sich um den Alarm und Justi, Piaz und ich, wir streiften durch das Geschäft. Als erstes natürlich in einer Richtung wo sich die Kasse befindet, die wir um ihr Vermögen erleichterten.Die Jungs kümmerten sich dann um die Waffen, die sie im hinteren Raum fanden. Im ganzen gab es drei Räume – Beklei-dung – Waffen – Sportmotorabtei – lung.Sie kümmerten sich auch noch um das andere Zeug, während Piaz und ich nach Klamotten sahen.

Leider lief doch nicht alles so glatt, wie wir es uns jedoch erhofft hatten, wir hörten plötzlich eine Stimme. Es war ein Polizist, der unsere schwach-en Lichter der Taschenlampen ent-deckt hatte. Wir mussten raus, aber leise und ohne, dass der Polizist jetzt etwas davon je mitbekam.Wir trafen uns alle in der Sport – Motorabteilung, wo einige Motorräder zur Auswahl standen. Wir fingen alle an zu grinsen, dann schoben wir die Motorräder durch den Hinterausgang, den wir nun nach einigem Suchen endlich gefunden hatten, nach draußen. Im Büro, hatten wir sogar die Schlüssel der Videoüberwachung je gefunden, als wir auch dann noch die Videos der Kamera alles vernichtet hatten. Auf gings!" Wir verschwanden in der Dunkelheit der Nacht mit den Motorrädern.

Am nächsten Morgen waren wir alle noch total müde, von der gestrigen Aktion, dennoch konnten wir nicht faul liegen bleiben. Um zu Überleben mussten wir um jeden Tag kämpfen. Wir frühstückten je, genüsslich, denn von den je gestrigen Einnahmen und dem kleinen Einbruch hatten wir nun auch etwas zu essen mitgehen lassen. Während dem Frühstück unterhielten wir uns über unsere heutigen Pläne. Ich fand es einfach super bei ihnen zu sein, ich war frei und ich war sehr glücklich. Wie ich dieses Gefühl je liebte und ich wollte es um nichts in der Welt eintauschen. Die anderen standen auf und wollten alles vorbereiten gehen, Nemo und ich blieben noch sitzen. Ich lächelte ihn lieb an, in mir machte sich bei ihm jedes Mal ein so komisches Gefühl in meinem Bauch breit. Anfangs wusste ich je nicht was es war, doch nun glaubte ich es zu wissen, ich hatte mich verliebt – ob er das Selbe fühlte?" Davor hatte ich große Angst ihn je zu verlieren. Er sah mich lieb an und kam nun etwas näher zu mir heran. Mein Herz schlug so schnell und ehe ich mich je versah, drückte er seine Lippen auf die meinigen. Anfangs war ich etwas erschrocken, doch dann schloss ich glücklich die Augen. Liebte er mich auch? Das wäre zu schön um wahr zu sein. Er löste den Kuss nach kurzer Zeit und sah mich an, sanft strich er mit seiner Hand über meine Wange, der ich mich jetzt, leicht je entgegen drückte. „Ich liebe dich", hauchte er mir leise ins Ohr und ich merkte, das ich etwas rot wurde. Ich hatte aufsteigene je Hitze bekommen. „Ich dich auch", gestand ich ihm leise und wir küssten uns wieder, immer wieder. Ich vergaß in dem Moment alles um mich herum, ich genoss einfach nur den Kuss und seine intim zärtlichen Berührungen. „Na ihr zwei?" Total erschrocken drehten wir und um und sahen die anderen hinter uns stehen.

Wir waren je total verlegen. „Brauch euch nicht peinlich zu sein, ihr seit ein süßes Pärchen!", meinte Piaz nun grinsend. „Aber kommt, wir haben alles vorbereitet", meinte sie und grinste zu den anderen. Wir nickten und standen auf, endlich würde die nächste Aktion steigen. Ich freute mich riesig darauf. Wir gingen zu Fuß in das Stadtzentrum, die je geklauten Motorräder waren doch zu auffällig. Gemütlich schlenderten wir erstmal durch die Stadt und scheckten die Lage ab. Plötzlich blieb ich stehen und sah entgeistert in ein Schaufens-ter, wo ein Fernseher stand. „Was ist?, fragten die anderen verwundert als sie meinen Blick sahen. Ich zeigte nur auf den Fernseher, dort war ein Foto von mir. Meine Eltern hatten bei der Polizei eine Vermisstenanzeige aufgegeben und diese Fahndung nach mir, lief schon seit je zwei Tagen.Voll innlich, größter Angst, klammerte ich mich an Nemo. „Ich will nicht das sie mich finden Nemo ",flüsterte ich nun leise. Nemo hielt mich fest im Arm und streichelte mir beruhigend den Rücken. „Das werden sie nicht, wir werden dich alle beschützen", meinte er lieb und gab mir nun einen kleinen Kuss auf den Kopf. „Genau, wir sind eine Familie" sagte Kai lächelnd und auch die anderen nickten bestätigend. Danke", murmelte ich leise und löste mich von Nemo. Sie hatten Recht,sie würden bei mir sein, ich brauchte keine Angst zu haben. „Dann laß uns mal anfangen", meinte Kai grinsend. Ja, los geht's !", sagte ich je lachend und voller Tatendrang. Und lachend lösten wir uns in allen Richtungen suchend auf. Nemo winkte mir noch aufmunternd zu.

Wieder lief ich durch die Menschen-mengen und sah mich nach reichen Männern um, die ich mal wieder aus-nehmen konnte. Plötzlich wurde ich gewaltsam am Arm gepackt, noch bevor ich was sagen konnte, wurde mir der Mund zugehalten und ich wurde gewaltsam in eine Seitengasse gezogen. „Haben wir dich nun end-lich wieder", meinte dann eine tiefe Männerstimme und wurde kreide-bleich. Vor mir stand mein Vater, und hinter ihm meine Mutter. „Last mich los!", schrie ich verzweifelt und ver-suchte mich irgendwie befreien zu können. „Das glaubst du doch selbst nicht", meinte er grinsend. „Nemo!", ich schrie noch ein paar Mal seinen Namen, doch als mich mein Vater ins Auto schubste und die Tür schloss, war es zu spät. Tränen liefen wie ein Wasserfall über meine Wangen. Nein, nicht schon wieder. Ich wollte nicht mehr.

Glücklicher Weise hörte Nemo meinen Schrei und rannte zu der Gasse. Er trommelte schnell die anderen je zusammen. Schnell rannten sie dann zurück zu unserem Haus und stiegen auf die Motorräder. „Los wir müssen sie retten!", meinte Nemo panisch, auch die anderen waren jetzt total in Panik, damit hatten sie nicht gerechnet. Sie fuhren dem Auto meines Vaters nach, hielten aber etwas Abstand.Ich hatte mich total zusammengekauert und erschrak, als das Auto hielt, mein Vater die Tür öffnete und mich gewaltsam aus dem Auto zog. Ich sah unser Haus und die Erinnerungen die ich verdrängt hatte,kamen wieder in mir hoch, der Hass, aber vor allem die Angst ergriff in diesem

Augenblick je Besitz von mir. Mein Vater schob mich ins Haus und ging mit mir und meiner Mutter in die Küche, die meine Mutter absperrte. Dafür, das du je abgehauen bist, wirst du büßen,du Miststück sagte er ernst, dann griff er zum Telefon und rief jemanden an, was hatten sie vor? Was würde mit mir passieren? Ich wusste es nicht und ich wollte es auch gar nicht wissen, ich wollte nur schnell weg von hier!

Panisch sah ich zuerst meine Mutter, dann meinen Vater an. Mit wem telefonierte er da? Es war auf jeden Fall ein Mann, das wusste ich schon, der Ausdruck, jetzt in den Augen meines Vaters und vor allem sein perverses Grinsen machten mir Angst. Und er nickte. Das einzige was ich von dem Gespräch mithören konnte, waren ein paar Wortfetzen, die mich allerdings noch mehr schockten. Er legte das Telefon weg und zog mich, nachdem meine Mutter die Tür wieder aufgesperrt hatte, hoch ins Gästezimmer. Dort schmiss er mich aufs Bett und grinste mich pervers an. „Wenigstens bist du so noch zu etwas gut", meinte er hämisch lachend und verließ das Zimmer, welches er danach wieder absperrte. Ich lag auf dem Bett und kauerte mich zusammen. Was sollte das? Was war nur aus meinen Eltern geworden? So viele Fragen schossen mir durch den Kopf, aber eins wusste ich, ich wollte je zurück, zurück zu Nemo und den anderen. Ich hatte große Angst, ich konnte nicht mehr. Weinend legte ich mich unter die Bettdecke.Doch meine Tränen versiegten, als nach einer knappen halben Stunde die Tür geöffnet wurde.

Ich lugte unter der Bettdecke hervor, was würde passieren? Mein Vater trat mit einem schmierigen und widerlichen Kerl ein. Er kam auf das Bett zu und zog mich brutal pervers hoch, genau vor die Füße dieses anderen Kerls. „Viel Spaß", grinste nun mein Vater und verließ je das Zimmer. Ich war geschockt und sah den Kerl vor mir ängstlich an. „Nein, war das einzige was ich hervor brachte. Er zog mich hoch und drückte mich ins Bett. Er öffnete sich die Hose und zog sie sich aus, dann setzte er sich zwischen meine Beine, die er gewaltsam auseinander drückte. Ich zitterte je vor lauter Angst. Nein, das konnte doch nicht wahr sein, das durfte nicht wahr sein. Der schmierige Typ riss mir die Kleider auf und leckte sich begierig über die Lippen, bevor er sich zu mir beugte und über meine Brüste leckte.

Ich versuchte mich irgendwie loszumachen, ihn wegzudrücken, doch er war zu stark und drückte mich fester ins Bett. Ich spürte je seine Erregung zwischen meinen Beinen, es war so widerlich. Als er sein Glied in mich drückte, schrie ich vor Schmerzen je laut auf. Ich spürte ihn in mir und als er sich sehr schnell bewegte kamen mir die Tränen in die Augen von den Schmerzen, ich schrie auf, wollte das nicht, doch es schien ihn noch mehr anzumachen.

Nemo und die anderen standen alle draußen und überlegten.',,Wir müssen da rein und sie holen", meinte er je hecktisch. Die anderen nickten. Sie gingen zum Haus und klingelten. Mein Vater machte die Tür auf und sah sie verachtend an. Nemo hielt keine langen Reden, sondern drückte sich an meinem Vater vorbei und sah sich um. Plötzlich sah er geschockt nach oben, als er je meine Schreie hörte. Panisch und ängstlich stürmte er nach oben und riss die Tür auf. Er sah den Kerl auf mir und blickte in mein verweintes und vor Schmerzen verzerrtes Gesicht.Das Bett hatte sich durch die harten perversen Stöße von dem Kerl schon rot gefärbt. Blut, es war mein Blut. „Nemo", brachte ich leise hervor und sah ihn nur traurig lächelnd an, doch sein Blick machte mir Angst. Er war so voller Hass und Verachtung. „Mistkerl", murmelte er und zog je, aus der Halterung von seinem Bein seine Waffe. Ohne je zu zögern schoss er den Kerl nieder, der sofort tot auf mir zusammensackte. Er kam zu mir gerannt und schmiss den Kerl von mir runter. Behutsam nahm er mich in den Arm.

Ich krallte mich je an ihn und weinte einfach nur. Ich war so froh, dass er endlich da war. Die anderen kamen gerade hoch und sahen, was passiert war. Besorgt kamen sie näher und Piaz reichte mir ihren Mantel, in den ich mich direkt einkuschelte. Schon kamen meine Mutter und mein Vater nach oben gestürmt. „Was - „ mein Vater stockte und sah den toten Kerl je am Boden. „Na wartet - „ ihr - , weiter kam er nicht, denn aus seinem Mund lief Blut und er sackte tot zusammen. Nemo und auch die anderen sahen mich geschockt an, ich hatte meinen Vater erschossen. Ich blickte zu meiner Mutter, die neben meinem Vater kniete. Einmal drückte ich noch ab, dann sackte auch sie tot zusammen und lag nun neben meinem Vater. Lasst ' uns nun gehen", meinte ich je ruhig und ließ die Waffe dann fallen.

Als wir draußen waren, atmete ich je, einmal tief durch,der Schrecken hatte endlich ein Ende. Nun konnte mir niemand mehr vorschreiben, was ich tun oder lassen sollte. Ich sah nun die Anderen an, und dann gingen wir zurück. Zurück nach Hause.

Die anderen besprachen einen neuen Plan, doch ich war nicht dabei, ich saß draußen und musste erstmals das verdauen, was vor einigen Stunden passiert war. Nemo wollte bei mir bleiben, doch ich wollte allein sein. In meinen Gedanken spielten sich die Szenarien immer und immer wieder ab. Ich konnte meine Gedanken nicht davon lösen. Mein Körper war wie immer noch gelähmt von den Gedanken. Ich schloss meine Augen, spürte den sanften Wind und die Ruhe. Und ganz plötzlich flog ein kleines Plakat von einem Jahrmarkt, der je in zwei Tagen im Stadtzentrum sein würde. Ich betrachtete das Plakat eine Weile, bevor ich es los ließ und es direkt, je vom Wind weitergetragen wurde. Müde ließ ich mich zurückfallen und schloss die Augen. Diese Ruhe es tat so gut.

Hey, wach auf", hörte ich je Nemos Stimme und öffnete verschlafen die Augen. „Was ist denn?, fragend sah ich ihn je an und setzte mich auf. "Es ist ja schon dunkel", stellte ich leise fest und stand auf. „Klar, du hast ja auch den ganzen, lieben, langen Tag gepennt" grinste Nemo mich an. „Es gibt Essen" sagte er ruhig. Und dann gingen wir zusammen ins Haus um zu essen. Die anderen erzählten mir von dem erfolgreichen Beutezug. Wir lachten viel und hatten an dem Abend noch viel Spaß. Müde ließ ich mich später, neben Nemo fallen und dann kuschelte ich mich an ihm, wo ich in seinen Armen direkt einschlief.

Die Sonne schien je auf mein Gesicht und weckte mich sanft. Verschlafen setzte ich mich auf und rieb mir die Augen. Ich sah mich um „Nemo?, wo war er bloß! Ich stand auf und suchte ihn, doch er war nicht da. Ich ging in die anderen Zimmer, niemand – niemand war da. In der Küche fand ich je einen Zettel. Sie waren schon auf Beutezug.Hm? Ich war etwas traurig, konnte sie aber auch verstehen, sie wollten mir doch, noch etwas Ruhe gönnen. Gut, die ließ ich mir auch nicht nehmen. Ich ging in die Küche und goß mir erst mal einen Kaffee ein. Später zog mich langsam an und ging dann nach draußen. Doch ohne zu wissen wohin ich lief, einfach mal in Richtung Wald.

Nach kurzer Zeit war ich mitten im Wald, ich sah mich um, das schöne Grün der Blätter gefiel mir gut.Unbewusst lächelte ich. Während ich nun weiter durch den Wald streifte,vergaß ich was den Tag zuvor passiert war. Ich fühlte mich so frei und lebendig in dem Wald und es sah auch alles so schön aus, wie die Sonne zwischen den Blättern hervor schien, das Moos an einigen Stellen, die je kraftvollen Baumstämme. Ich fand dies alles so wunderschön, da ich bis jetzt noch nie durch einen Wald gegangen war. Ich bin ja früher, immer mit meinen Eltern daran vorbei gefahren, aber so gefiel es mir viel besser. Ich genoss die Ruhe, nur ab und zu hörte man je ein paar Vögel zwitschern. Fröhlich lief ich je weiter, fröhlich und ohne Sorgen, das erste Mal. Nach Stunden machte machte ich dann doch mal eine Pause und ließ mich je auf den Boden nieder, da ich merkte, wie mir die Beine wehtaten. Ich lehnte mich gegen einen Baumstamm und schloß entspannt die Augen. So blieb ich je einige Minuten sitzen, bis mir plötzlich eine Idee kam. Ich öffnete meine Augen und stand auf. Dann sah ich mir den Baum an, an dem ich bis gerade eben noch gelehnt hatte und kletterte diesen hinauf. Auf einen je breiten stabilen Ast ließ ich mich nieder und sah mich um. Er war einfach wunderbar. Total happy über diese Aussicht lehnte ich mich auf dem Ast zurück und ohne es zu bemerken schlief ich friedlich ein. Ich hatte einen wunderschönen Traum. Ich schwamm in einem...

Ich öffnete verschlafen meine Augen, als ich bemerkte, dass einige Regentropfen auf mich niederfielen. „Es regnet!", stellte ich leise fest und sah in den Himmel. Schnell kletterte ich von dem Baum hinunter und machte mich auf den Heimweg. Ich rannte schon fast, da ich nicht nass werden wollte, obwohl es doch schon leicht nieselte. Plötzlich bemerkte ich, dass es schon leicht dämmerte. Nemo und die anderen machten sich bestimmt schon Sorgen.Ich hatte völlig die Zeit vergessen, als ich hierher gegangen war. Ich rannte schneller und wäre fast noch über einen Stein gefallen. Mittlerweile regnete es jetzt schon in Ströhmen und ich war schon klitschnass. Na toll, grummelte ich vor mich hin und lief weiter. Kurz darauf kam ich aus dem Wald heraus und sah in der Ferne schon unsere Wohnung.

nach weiteren fünfzehn Minuten im Regen, kam ich endlich an unserem Haus an und riss die Tür auf.

Nemo und die anderen sahen jedoch geschockt zur Tür und warfen mir je komische Blicke zu. „Wo warst du denn nur?", fragte Piaz. „Draußen gab ich schnell zur Antwort und ging in das Zimmer von Nemo und mir, wo ich mich je abtrocknete und mir frische Klamotten anzog. Dann ging ich zurück zu all den anderen. In der Küche machte ich mir noch je, eine heiße Schokolade. „Was hast du denn nur den ganzen Tag gemacht, fragte Justi neugierig. „Oh, gar nicht viel, ich war den ganzen Tag im Wald und hab' gefaulenzt", gab ich je grinsend zur Antwort. Wir haben nun unsere nächste Aktion schon geplant", sagte Kai und sie erklärten mir,was für den

Morgen anstand. Ich grinste, der Plan war einfach super und so einfach, der musste einfach funktionieren. Wir redeten noch viel und lachten auch, bevor wir dann ins Bett gingen um morgen fit zu sein.

Hey, aufwachen ihr Schlafmützen!" Müde öffnete ich nun meine Augen und sah nun Piaz grinsend vor mir stehen. „Was ist los?", fragte ich je verschlafen und setzte mich auf. „Ein neuer Tag, ein neuer Plan lachte Piaz. Los, macht euch je fertig und dann kommt", sagte sie und verschwand aus unserem Zimmer. Ich sah neben mich und grinste. Nemo schien auch noch etwas verschlafen zu sein. „He, Schatz aufwachen", sagte ich nun zu ihm und küsste ihn liebevoll, auf den Mund. Ich stand auf, ging ins Bad. Kurz darauf zog ich mich nun an und schlenderte zur Küche. Nemo kam ein paar Minuten später. Wir frühstückten nun zusammen und dann machten wir uns auf den Weg ins Stadtzentrum. „Da morgen ein Jahrmarkt ist, können wir morgen keine Aktion durchziehen, also müssen wir heute genug absacken ok?" Ernst und fragend sah Justi in die Runde und wir anderen nickten nur. Wir kamen im Stadtzentrum an und sahen uns erstmal um und checkten die Lage ab, heute durfte nichts schief gehen. Ich sah mich um und entdeckte auf einer Bank, einen je fetten Kerl mit Anzug, der aller Wahrscheinlichkeit viel Geld bei sich hatte. „Hey, ich knöpf mir den Idioten da drüben einmal vor", sagte ich je grinsend und verschwand mit Piaz in eine Seitengasse.. Wir zogen uns schnell um und hatten etwas freizügigere Klamotten an. „Sexy" grinsten uns die Jungs an. Ja, ja" lachten wir und machten uns dann auf den Weg zu dem Kerl auf der Bank.

Ich grinste Piaz an und dann blieben wir vor der Bank stehen. Piaz setzte sich neben den Kerl und ich beugte mich zu ihm. „Hallo ihr Hübschen gab er mit einem schmierigen Grinsen von sich.Wir ließen uns nichts anmerken und lächelten ihn je verführerisch an. Ich galt als Ablenkung während Piaz das Geld holen sollte. Also ließ ich mich je auf dem Schoß von dem kerl nieder und spielte meine Rolle gut. „Na habt ihr heute noch nichts vor?", fragte er uns, und leckte sich über seine Lippen. Ich schüttelte nur den Kopf. „Nein, wir sind ganz allein und suchen je nette Gesellschaft, hauchte ich ihm nun ins

Ohr und fuhr mit den Fingern seine Krawatte entlang. Der Kerl grinste noch mehr und fasste mir dann an die Brust,was mich je unbemerkt zusammen zucken ließ. Am liebsten hätte ich ihm eine reingehauen, aber es durfte nichts schiefgehen. Während ich also den Kerl ablenkte, sammelte Piaz alles Wertvolle und brauchbare und auch seine Brieftasche mit ein. Als sie alles in ihrer Tasche je verschwinden ließ, nickte sie mir bestätigend zu, gerade als der Kerl mir in den Ausschnitt fahren wollte, gab ich ihm eine Ohrfeige und boxte ihn in den Bauch. „Hey was -" murmelte der Kerl, bevor er zusammensackte als er je meine Faust spürte. Piaz und ich sprangen sofort auf und wir liefen so schnell wir konnten davon. Aber alles war ruhig und keiner verfolgte uns.

In der Gasse warteten Nemo und die Anderen. „Hat es geklappt?", fragten sie grinsend und wir nickten nur bestätigend. Wir gaben den Jungs die Wertsachen und zogen uns erstmal wieder normal an. Dann zählten wir zusammen das Geld", fünftausend", meinte Nemo und wir grinsten uns alle an. „Insgesamt sind es bestimmt fast neuntausend meinte ich ruhig, da ich noch eine Taschenuhr und eine Rolex und noch verschiedene andere schöne Sachen hatte. „Okay gehen wir das Zeug verkaufen", meinte nun Nemo ruhig. Wir teilten uns dann in Gruppen auf und bekamen, für die Wertsachen noch gut je dreitausend Euro dazu. Wir trafen uns am großen Brunnen und entschlossen dann, nach Hause zu gehen. Unterwegs sprachen wir noch über unseren großen erfolgreichen Beutezug.

Wir saßen am Abend noch lange zusammen, bis wir uns müde ins Bett fallen ließen und direkt einschliefen. Am nächsten Morgen waren je alle schon vor mich wach. Gegen Mittag wachte ich je auf und sah mich verschlafen um. Ich stand auf und tapste in die Küche, wo die anderen am Tisch saßen. „Morgen murmelte ich verschlafen. „Warum hat mich keiner geweckt?", grummelte ich. „Weil du so süß bist, wenn du schläfst", sagte Nemo und küste mich nun sanft. Den Kuss erwiderte ich natürlich zu gern und schlang je die Arme um seinen Nacken. „Hey ihr Turteltäubchen, Essen ist fertig", sagte Piaz grinsend und stellte das Essen auf den schon gedeckten Tisch. Ich löste mich von Nemo und lachte leise. Immer noch müde ließ ich mich auf einen Stuhl sinken. Ich überlegte, ob ich auf den

Jahrmarkt je gehen sollte. Eigentlich wollte ich schon gern,aber ich wusste gar nicht so Recht, ob ich auch noch gehen sollte?

Nachmittags lagen wir alle zusammen im Garten. Nachdem wir abgespült hatten und ich mich umgezogen hatte. Ich lächelte leicht und genoss es, als ich mich aufsetzte und die anderen ansah. Langsam stand ich auf. Ich geh etwas spazieren",meinte ich ruhig und verschwand schnell ins Haus und je vorn zur Haupttür raus. Langsam trottete ich zum Stadtzentrum. Mir war auch bewusst, dass die anderen mich mit Sicherheit fragen würden, warum ich plötzlich abgehauen war, war mir bewusst, aber es war mir egal. Mit einem Lächeln auf den Lippen lief ich die Straße entlang und kam nach ein paar Minuten je in

die Stadt in der schon reges Treiben
herrschte. Überall liefen Leute rum
und amüsierten sich scheinbar gut
auf dem Jahrmarkt. Ich sah mich um
und mischte mich einfach unter die
Leute. Natürlich fiel mir je als aller-
erstes der Stand mit Zuckerwatte ins
Auge. Ich stellte mich an und kaufte
mir zufrieden nun eine Zuckerwatte.
Lächelnd ging ich dabei weiter über
den Jahrmarkt. Ich sah mir alles sehr
genau an, denn es war für mich das
erste Mal das ich auf einem Jahrmarkt war. Ich spürte je, wie meine
Gedanken in die Vergangenheit ab-
drifteten, doch das wollte ich nicht.
Heftig schüttelte ich meinen Kopf,
meine Vergangenheit war vergangen
und ich wollte nie wieder daran je
denken müssen. Lächelnd ging ich
weiter, bis ich vor einem Losstand je
stehen blieb. Ich kaufte einige Lose

und hatte sogar etwas gewonnen. Der
Verkäufer gab mir nun einen kleinen
kuschligen Panda. „Oh wie süß." Als
ich eigentlich dann nach Hause geh'n
wollte, bemerkte ich je ein Zelt, was
mir davor nicht aufgefallen war. Eine
Wahrsagerin. Neugierig blieb ich vor
dem Schild stehen und sah zu dem
Zelt. Unschlüssig ob ich reingehen
sollte blieb ich noch eine Weile vor
dem Zelt stehen, bis ich mich dann
doch entschloss nun reinzugehen.
Unsicher ging ich rein. „Hallo", rief
ich leise und ging weiter. „Komm nur
herein mein Kind", sagte eine etwas
ältere Frau die mich je freundlich ansah. Ich nickte nur stumm und setzte
mich auf ein kleines Kissen das nun
gegenüber von ihr lag. In der Mitte
stand auf einem kleinen Tisch eine
Kristallkugel. „Was führt dich zu mir
mein Kind, fragte die Frau ruhig und

lächelte immer noch. „Na ja, ich...ich möchte gerne etwas über meine Zukunft erfahren. „Keine Angst öffne dich je der Kugel sagte sie leise und schließe deine Augen. Die Frau hielt die Hände über der Kugel.Ich machte die Augen zu. „Du hast eine schwere Zeit hinter dir,du musstest viel durchmachen. Das was ich sehe ist nicht gerade positiv. Ein Schatten hat bisher dein Leben begleitet, ein sehr dunkler Schatten", gab sie ruhig von sich. Ich konzentrierte mich weiter und nickte nur. „Da löst sich der Schleier, neue Bekanntschaften, ein neuer Abschnitt. Doch auch hier sehe ich das du nicht wirklich glücklich bist!, sagte sie mit fester Stimme und sah mich nun an. „Folge mir", sagte sie leise und ging vor zu einem kleinen Tisch auf dem Tarot karten lagen. Sie begann die Karten je zusammenzufügen und je zu mischen. Danach legte sie mit den Karten ein Kreuz und blickte mich an. „Bist du bereit für das was dir die Karten sagen? „Ja' ich bin bereit sagte ich leise und sah zu den Karten.

Sie deckte die Karten der Reihe nach auf und sah mich an. „Wie auch die Kugel sagen mir die Karten, dass du eine sehr schrekliche Vergangenheit hattest, und vom Schmerz noch nicht erlöst. Du hast es verdrängt, und der Schmerz sitzt tief in deiner Seele, du hast Angst, vor der Dunkelheit und vor deinem Leben. Du wirst niemals frei sein wenn du dich deiner Angst nicht stellst, deine Seele kann sich nicht davon befreien wenn du nicht kämpfst. Im Augenblick selbst bist du auch nicht glücklich, du fühlst dich zwar besser aber das ist je nur

Schein. Du musst dich befreien und leben! Dein Herz weint. Ich blickte sie an und dann zu den Karten. „Wie soll ich das machen? Sie stand auf und sah mich an. „Ich gebe dir einen Rat, höre auf dein Herz, dann findest du deinen Weg und dein Ziel sagte sie. Sie drehte sich um und gab mir eine kleine Schachtel mit Tarot Karten und einer kleinen Kette. „Wenn du einmal nicht weiter lass dich je leiten von den Karten und dem Geist deines Herzens", sagte sie. Dann drehte sie sich um und wollte gehen, doch bevor sie das Zelt verließ blieb sie je,noch einmal kurz stehen. „Ich wünsche dir viel Glück", sagte sie und verschand. Ich blieb noch einige Zeit stehen und sah ihr nach, bevor ich dann auch ging. Ich ging nun ein Stück und ließ mich auf einer Bank nieder. Lange dachte ich nun darüber nach was sie gesagt hatte und was ich tun sollte. Ich überlegte solange bis ich schließlich einschlief.

Als die Sonne nun auf mein Gesicht schien, öffnete ich meine Augen und sah mich um. Schlagartig fiel mir wieder alles ein. Kurz überlegte ich noch, ich hatte nun einen Entschluss gefasst. Ich machte mich je auf den Weg zurück nach Hause bei Nemo. Als ich am Haus nun ankam standen Nemo und die Anderen vor der Tür. Wo, warst du, wir haben uns Sorgen gemacht", kam es gleich von Nemo der mich vorwurfsvoll ansah. Ich blieb vor ihnen stehen und sah sie der reihe nach an. „Ich werde gehen", ich werde euch verlassen, meinte ich nur ruhig. Die anderen sahen mich, wie vom Donner gerührt geschockt an. Was? Aber warum denn?" „Ich will mein eigenes Leben leben", sagte ich ruhig und drehte mich um, dann ging ich einfach los. Kurz stoppte ich noch und nahm die Kette je aus der Schachtel. Diese band ich mir um. Mit einem Lächeln auf den Lippen ging ich der Sonne je entgegen. Ich ging ihr entgegen in ein neues Leben.

ENDE

60